KB156701

낡은

반지고리

장승심 시집

낡은

반짇고리

한그루

시 쓰는 일은
늘 긴장되면서 깨어 있게 만들고
나를 행복하게도 한다.

첫 시집『구상나무 얹힌 생각』,
두 번째『울 어머니 햇빛』에 이어, 이번에
세 번째『낡은 반짇고리』시집을 낸다.

나의 시 한 구절이라도
한 사람의 가슴에 메아리칠 수 있으면
더 바랄 게 없겠다.

세상 모든 사람이
언제 어디서 무슨 일을 하든지
행복하길 바라며.

낡은
반짇고리

차례

1부

꽃잎처럼 피고 지는 생인데

2부

주머니에 손 덥혀 잡아주는

3부

그저 흘러가는 것

4부

나의 평온은 어디에 누워 있나

5부

저 바다는 끝이 없네

1부 ──────────────────

꽃잎처럼 피고 지는 생인데

꽃잎처럼 피고 지는 생인데

인생은 잎처럼 살다가 꽃처럼 진다. 누가 보든 안
보든, 알아주든 안 알아주든 상관없다. 생각해 보
면 우리 삶은 늘 잎이다. 아니, 꽃이다. 잎으로든
꽃으로든 열심히 살다 가면 되는 것이다. 인생 뭐
별거 있는가. 오늘도 꽃잎이 진다. 다 신의 뜻이
고 운명이라고 생각한다.

수국

빗속에서

더욱더

환하게 빛나는 꽃

헛꽃보다

더 소담한

참꽃은 숨어 있네

사랑도

그럴지 몰라

부끄럼쟁이 그이처럼

사월

젊은 기상 푸르를 땐 나무들이 좋더니
육십을 넘기고는 이쁜 꽃이 날 이끈다

나이는
세어 무엇하리
꽃처럼 피고 지는 생인데

연두 새싹 봄 잎이 꽃보다 예쁜 사월
찬란한 봄을 딛고 피어난 사월 벚꽃

찰나다
피었다 지면
그뿐인걸, 그래도 봄이다

소나기

새벽 번개
천둥소리

잠시 후 소나기

큰 북 위에
콩 한 말
쏟아붓는 것처럼

요란한
폭포수 소리
정신이 번쩍 든다

가을, 따라비오름에서

보고 싶은 마음들이 억새꽃으로 피었는가
수런거리며 손짓하는 수천수만 흰 손들
터질 듯
벅찬 기다림
설레는 저 바람들

말로는 다 하지 못한 애틋한 사연인가
오름 위에 펼쳐놓은 헤지 못할 그리움
이제도 못 놓는다네 가을빛 다 바래도

사랑하는 가을아, 저 달 보며 따라오라
눈물짓는 야윈 바람 오다가 만나거든
인자한
은빛 물결로
어루만져 주면서

비 오는 목장

비 온다고 머체왓 숲길 걷기를 취소하고
대절버스 방향 바꿔 목장길을 가는데
말들은
아랑곳 않고
고개 숙여 풀 뜯는다

사람은 날씨 따라 왔다갔다 변덕인데
비 날씨가 뭐 어떠냐고 도통한 저 말들
부처가
따로 없구나
성불한 듯 끄떡없다

여름 산

흰 구름 나들이에

푸른 여름 웃는 해님

그림자 물고 사라진 바람

골바람으로 불어오면

풀물 든 꾀꼬리 소리

온 들녘에 청량하다

가로수

야위는 현실보다 커져가는 그리움이
생각을 부풀리어 손 흔들고 싶은 오늘
이따금
구름 낀 하늘
고개 들어 쳐다보네

오가는 시선들이 뒤흔드는 마음 자락
오로지 한 곳으로 쏠리는 갇힌 자유
길마다
지키고 싶은
숭고한 저 바람들

말을 거는 백서향

수백만 년 곶자왈이
품고 있던 보물단지

뚜껑 열자 하얀 꽃잎
방언 터진 사랑의 말

청수리
그 맑은 기품이
말을 건다 향기로

애초에 지상낙원

이런 향기 품었을까

청량한 바람 사이

영혼을 맑게 하는

백서향

향기 샤워에

꿈을 꾸는 숲의 요정

가을 뜨락

햇살은
시나브로
바람결에 빛바래고

바람은
그리운 시
단풍잎에 써 보낸다

구절초
꽃잎 사이로
익어가는 가을 뜨락

가파도 청보리

가파도 청보리는 바다 사랑 판타지
물결 같은 청보리가 사르랑 남풍 따라
바다로
초록 향기를
불어보네 후우후

파란 물결 초록 물결 서로서로 넘실대며
바람 따라 춤을 추며 사랑 따라 울고 웃네
상긋한
청보리 내음
살랑대는 보리밭

6월의 과수원에서

좋아하는 나무와 어쩌다 구한 나무를
한데 모아 심어놓은 과수원 한켠에는
날아든 온 하늘 새들
즐거운 잔치 마당

바람이 따준 앵두 빗물이 씻은 복숭아
향기 품은 흰 치자꽃 사이사이 넘나들며
하늘이 차려주신 밥상
정답게 나눔한다

바쁘신 주인 덕에 열매는 자연의 몫
어쩌다 얻은 횡재 기쁨으로 마주하니
즐겨라 이 좋은 세상
천상천하 안하무인

산을 오르며

정상 향해 땀 흘리며 묵묵히 걸어갈 때
불어오는 청량한 골짜기 바람처럼
아, 나도 그런 사람이
정말 되고 싶었다

길 없는 길 나침반에 의존하는 길손에겐
믿음직하게 인도하는 북극성 저 별처럼
어둠 속 그 어디에서든
따뜻이 잡아주고 싶었다

살다가 돌아보니 청량한 바람도 굳건한 북극성도
오로지 내 앞의 삶에 지워져 망각한 채
한없는 세월을 건너
허공으로 떠 있었다

산딸나무

한라산 횡단도로 숲 터널 속에는
유월의 진초록 숲 하얀 꽃이 환히 피어
바람결 따라 달리는
구름을 보고 섰네

어쩌자고 나무 위에 저리 꽃을 피웠는고
주황으로 익어가면 탐내는 이 많을 텐데
하늘을 떠받들고픈
산딸나무 열매들

성찰 후 자기 정화 원만한 건 떨궜는지
뿌리 근처 수북이 풋열매 모여 있네
설익은 마음 속 반성
연두로 속죄하며

오대산

비 온 후 초록 숲속 나뭇잎새 밝은 햇살
적멸보궁 중대암 품은 오대산 비로봉
경건히
하늘을 향해
한발 한발 옮기네

월정사 상원사 적멸보궁 다다르니
구름과 푸른 기운 가운데로 모여들고
하늘로
석가모니불
염불소리 퍼지네

운장산에 오르니

하늘의 별을 따는
탁 트인 칠성대가

서봉에 우뚝 앉아
동봉을 바라보네

천년을
마주 보면서
안부 서로 전하는가

산 첩첩 구름 첩첩

맑은 공기 초록나무

저 멀리 작은 마을은

평화로운 고향이라

발아래

두고 온 세상

새삼스레 정겹다

임종

여든아홉 세상 떠날 준비하신 어머님
며느리 손에 대소변 안 묻히게 하소서
평소에 간절한 소원
끝내 이루고 가셨어요

손주 돌봄 농사짓기 투박해도 따뜻한 손
삼십삼 년 좋은 인연 끝내 두고 가시던 날
며늘아 "더 참기 힘들구나"
하시곤 손 떨구셨어요

언제나 내 곁에 계실 것만 같았는데
떠나시곤 영원히 다시 오지 않으셔요
서럽던 당신의 생애
이리 환히 밝혀놓고

벚꽃 지다

봄바람에 진 꽃잎이
도로 위에 나부낀다
뒹굴어도 가벼운 목숨
바람꽃이 되었구나

요며칠
꽃대궐 호강
천국인 듯 찬란했는데

고운 빛깔 어린 추억
날리는 바람 따라
엷디엷은 눈웃음
빈 하늘에 흩뿌리며

이승의
봄날 축제를
예 두고 가는구나

올림픽 대교 불꽃 조형물

불꽃 조형물 바라보니 뉴스 현장 생각난다
이십 년 더 흘렀으나 그날 사고 잊혀질까
아무일 없던 것처럼 자동차들 오고가네

기억하면 어찌하고
잊고 살면 어찌하랴

나 역시 가고 나면
잊혀질 목숨인데

오늘도
흘러 온 강물
먼바다로 사라지네

납골당을 돌아보며

얼마나 치열한 삶의 길을 건넜을까
열다섯 살 스물세 살 납골당 사진 보니
함축된 그 생의 무게
절로 고개 숙여진다

아직은 안 된다고 더 있다 가라고
붙잡는 손 차마 어찌 떨쳐두고 갔을꼬
한 생애 그 짧은 순간
애틋하고 슬프다

돌아서는 발길에 비워 보는 생각 하나
짧든 길든 끝까지 감사하며 살리라
누구나 끝이 있는 걸
겸손한 눈빛 두 손 모은다

2부 ———————————— 주머니에 손 덥혀 잡아주는

주머니에 손 덮혀 잡아주는

사랑은 사물을 새롭게 보게 한다. 서로의 진심 어린 위로와 격려는 아픔의 그늘을 치유하여 밝힌다. 사랑은 따뜻하게 어우러져 물처럼 연기처럼 저절로 스며든다. 차가운 손 꼭 잡고 주머니에 넣으면 온기가 전해져 마음까지 녹듯이. 사랑은 존재 그 자체를 소중히 여겨 저절로 빛이 나게 한다.

살아온 세월만큼

살아온 세월만큼 짧아진 내 목숨

서둘러 달려오니 무덤길 가깝구나

저문 바다 해넘이

찬란해도 지고 말 듯

결국은

가는 길인 걸

살아보자 착하게

병솔나무

가지마다 빨간 병솔 촘촘히 붙여놓고
공중에 걸린 먼지 씻고 가라 손 내미니
저문 해 바다에 풍덩 잠기기 전 씻고 있네

세상사 찌든 때도 구석구석 닦고 나면
제 색깔 드러내며 투명하게 웃겠지
어쩌면 우리가 찾던 낙원일지도 몰라

설거지 한창이신 울 엄마 싱크대에
병솔 꽃을 꽂아두고 필요할 때 쓰라 할까
아서라, 세상 이치를 담아놓은 꽃인 것을

한려수도 섬 사랑

늦은 봄 남해 바다 물 맑은 한려수도
섬마다 사연 안고 고요히 앉았구나
수만 년 흘러온 사연 들어주고 달래며

아직도 내 사랑은 저 바다 부표 같아
몸 따로 마음 따로 흔들리며 잡은 바위
언제면 훨훨 나르는 구름처럼 가벼울까

흘러도 흘러가도 잊어도 잊혀져도
가슴만은 오래오래 새겨둔 채 기억하네
다시금 되살아 난다. 사랑했다는 그 말

윗세오름 산장에서

어쩌자고 저 하늘은 예고 없이 비 때리나
준비 못한 산객들 대피한 윗세 산장
맹렬한 천둥소리가 두려움에 떨게 하네

날개 젖은 나비는 어디로 피했을까
작은 몸 잎사귀 뒤 무사히 잘 숨었나
노루샘 제주도롱뇽 안부 또한 궁금하다

모두가 살기 위해 숨죽여야 하는 시간
자기를 돌아보고 자연을 돌아보며
비로소 깨닫게 되는 생과 사의 갈림길

목련꽃을 보는 아이에게

가지만 앙상하니 있는 줄도 몰랐는데
떡하니 어느 봄날 하얀 꽃을 피워 냈네
아이야 네 몸속에도
저런 꽃이 숨었단다

아무도 모른단다 그 순간이 언제일지
묵묵히 온 힘 다해 제 할 일 하다 보면
어느 날 네 꿈이 피어
저리 환히 빛날 거야

포기하지 않기다 서두르지 않기다
알아주지 않아도 끝내 이겨내기다
구석에 앉아 있어도
절로 빛날 너니까

물고기의 마지막 여행

물고기가 차 타고 고속도로 달려간다
육지여행 처음이라 멀미는 안 하는가
재밌는 생각하다가
문득 미안 사과한다

처음 타본 고속도로 마지막 여행인 걸
흔들리며 갇힌 생애 살아보려 애쓰지만
어쩌랴,
생사는 이미 물 건너 와 버린걸

푸른 바다 기억들을 생각하며 견디는가
부릅 눈떠 지킨 바다 후손들을 생각하며
죽어도 눈 감지 않고
지켜볼 것만 같다

하늘길

비행기는 중앙선을 어떻게 아는 걸까
신호등 없어도 설 때 서고 갈 때 가고
교차로 따로 없어도 서로서로 잘 통하네

하늘은 비포장도로 가끔씩 덜컹대네
두려워 창밖 보면 포근포근 구름바다
세상은 구름 사이로 잠시 얼굴 내밀고

하늘길은 보수공사 안 해도 무한대로
구름밭 사이로 햇살 가득 넘쳐나도
잘 뚫고 날아다니네 바람 청소 안 해도

화물보다 무거운 인생 사연 실었는데
하늘에서 내려보면 아무 일도 아니라고
달래며 날아가는 길 구름들이 비켜선다

자택 격리

두 번째 코로나로 자택 격리 권고받다
삼 차 접종 마쳤건만 두 번씩 걸리다니
한심한 내 면역체계
날 가둔다 또 집 안에

자유 영혼 강조하며 실컷 돌아다녔건만
일주일 코로나 격리 답답하고 속상하다
혼자서 집 안을 돌며
들었다 났다 단순 반복

몸살 심해 기운 없을 땐 집에 있어 좋더니만
조금 나을 만하니 슬금슬금 밖을 보네
온종일 해그림자만
바라보다 저문 하루

주름 잡던 양배추 이야기

오늘 아침 식탁 위에 올라온 찐 양배추
겉잎은 팽팽한데 속잎은 쭈글쭈글
양보한 딱 그만큼씩
자리 차지한 모양새

공간 좁아 구겨져도 불평불만 하지 않기
서로서로 꼭 안은 채 그런대로 견뎌보기
겉옷은 비 바람 햇빛
막아주니 펼쳐주기

어느 만큼 움츠려야 한 꺼풀 더 입을까나
온 힘 다해 구겨가며 겹겹이 접은 만큼
둥그런 보름달 모양
주름 잡던 이야기

네가 있어 환한 세상

양손에 엄마 아빠 거느리고 걷는 하진
바람에 날리는 머리 함박웃음 뿌리면서
봄바람
벚꽃나무 밑
천사 온 듯 환하다

주세요 받으세요 놀이마다 장난 장난
주는 척하다 달아나고 쫓아가면 숨는 척
척 놀이 재미가 붙은 십삼 개월 아가야

혼자 걸음 늦되다고 주변에서 걱정해도
소파 짚고 기대어서 천진난만 장난하니
세상은
사랑스런 너
웃음으로 밝구나

여행길에서

낮선 풍경 그 안에 내가 있는 이 자리
꿈인 듯 아닌 듯 살아온 길 지워지고
바람도 처음 맞는 듯
생경하고 푸르다

바람 냄새 풀 향기 신비로운 자연 속에
사람 냄새 삶의 향기 스며드는 저녁놀
어쩌다 떠나온 고향
그리워지는 노란 등불

인생은 여행이라 머무르면 고향이고
떠나면 타향이라 세상 공부 많이 하네
내딛는 발걸음마다
새로운 인생 공부

사랑은

사랑한다 말 않는다
당신 내게 말하지만

우린 서로 잘 알아요
남은 시간 짧다는 걸

사랑은
마지막까지
감당해야 할 책임인 걸

좋아한다 않는다고
당신 내게 말하지만

우린 서로 알고 있죠
생각만도 벅차단 걸

언젠가
귀천 때까지
지켜야 할 마음인 걸

미세먼지

- 깨어나라 사람아

세상이 기침하고 뿌연 봄이 각혈한다
아무도 책임 안 진 환경이 준 벌이다

절망이
폐포에 쌓인다
깨어나라 사람아

나 하나 뭘 하냐고 우리 모두 외면할 때
앓고 있던 자연이 부옇게 뿜어낸 병

결국은
나 모른다고
돌아앉은 탓이네

사람의 온기

내 영혼의 정서는 따뜻한 그리움이다
한바다 무인도처럼 외롭지는 말라고
묵묵히 홀로 있어도
기억하고 있다네

내 사랑의 이유는 따뜻함이 그리워서다
추운 겨울 주머니에 손 덥혀 잡아주는
그런 맘 저무는 바다
노을처럼 좋았네

진정한 사람 온기는 사랑하는 그 마음
귀하게 여기며 소중히 아껴주는
사람아
먼 길 더듬어도
품고 살자 그 온기

병곳오름 가는 길

진보라 물봉선꽃
마타리 노오란 꽃

연보라 벌개미취
분홍보라 이질풀꽃

모두가
저 잘난 모습
뽐내느라 바쁜 길

통영 한산도에서

통영항 이십 분 거리
한산도에 이르다

수루에 나라 걱정
홀로 앉아 지새우던

충무공
비장한 마음
절로 옷깃 여민다

잔디마당

멀리서 바라보면 파란 잔디 풀밭인데
가까이 다가보면 잡초들이 숨어있네
뽑아도 끝없이 돋는
술래잡기 김매기

개민들레 땅빈대 토끼풀 개망초도
잔디 속에 숨어서 살겠다고 항변하네
가만히 들여다보면
지도 이쁜 꽃이라 우기며

니 살 곳은 아니네 자리 잘못 잡았네

달래며 움켜쥐어 기어코 뽑아뜯네

미안타 다음 생에는

저 들판에 태어나거라

3부 ──────────────

그저 흘러가는 것

그저 흘러가는 것

모든 것은 변한다. 영원하다는 말은 영원하길 바라는 우리의 바람일 뿐. 살면서 보니 변하지 않는 건 없었다. 몸도 마음도 시간도 바람도 구름도 흘러가면 돌아오지 않는다. 잡으려 해도 잡을 수 없고 막으려 해도 막을 수 없다. 이왕 갈 길이라면 물처럼 흐르며 노래도 부르고 산천 구경도 하고 싶다. 내게 주어진 운명이라면 원망이나 걱정보다는 지금, 이 순간 최선 다해 살면서 감사의 마음으로 저무는 해를 보고 싶다.

그만하면 되었다

동그라미 숫자만큼 해와 달을 채우고
밑줄 그은 숫자만큼 초침 분침 돌아가니
내 삶은 어디로 갔나
노쇠한 세월 앉아 있네

새 달력에 동그라미 그려 넣다 드는 생각
올 한 해도 반복되는 시간은 예 있는데
어디에 나는 섰는가
세월은 가고 없네

시간 세면 무엇하고 세월 세어 무엇하나
지나온 내 생애, 부족한 대로 치열했느니
잘했다
그만하면 됐다
스스로 다독이네

애월 포구에서

제주도 수평선은 둥그런 곡선이다
섬 둘레 어디서나 그리운 초승달
사랑은
저 평행곡선
가 닿지 못하는

날마다 다른 파도로 새로 태어나건만
되물어 성찰한다 나 잘 살고 있는 걸까
인생은
끝없는 물음
쉽게 풀지 못하는

내 속에 다른 너는 무슨 생각 겨운 건지

부서져 사라져도 끝내 놓지 못하네

마음은

생각의 바다

수시로 일렁이는

급한 척 바쁜 척

정말로 급했을까

진짜로 바빴을까

급한 척 뛰어 다니다

중요한 걸 놓치고

바쁜 척

돌아다니다

소중한 걸 잃었구나

한 번 더 안아줄걸

일 제치고 업어줄걸

직장 맘 하느라고

더 못 준 자식사랑

손주를

돌보아주며

생각하니 맘 아프네

내 딴에는 최선 다해

잘하는 척했건만

나중까지 남는 건

가슴 깊은 사랑인걸

덧없는

물질 좇던 생

부질없는 후회들

멀어진 인연

길을 나선 해질 무렵
소꿉 친구 소식 듣다

바람 부는 거리에서
멍하니 멈춰서니

먼 하늘 구름 가득히
회색 우울 가득하고

다정히 부르는 음성
환청으로 들리는 듯

뒤돌아 선 내 귓가엔
스치는 바람소리

터엉 빈 로터리에는
신호등만 점멸했다

젊은 날엔 내 늙어
이럴 줄은 몰랐다

마음은 허무하고
몸은 아파 오고

세상과 멀어진 인연
하나둘씩 늘어나네

그저 흘러간다

근심을 밀어내면 더 큰 근심 밀려오고
사랑을 주고 나면 더 큰 사랑 찾아오네
마음속 다스리는 일 원죄 갚는 일만 같고

살면서 이제까지 사랑한 기억보다
살기 위해 전전긍긍 뭘 위해 살았는지
삶이란 나를 두고서 장난치는 것만 같네

아침에 밥 먹는데 창밖엔 비가 오네
그렇구나. 모두 다 자기 역할 묵묵히
구름도
바람도 나도
그저 흘러가는 것을

비석 세우는 날

구십 살 내 어머니 조부모 산소 가잔다
조카가 비석 세우는데 고모가 가야지
기어코 떡 제물 든 손
굽은 허리 지팡이

산다면 언제까지 살아야 되는 걸까
조부모님 무덤 앞 부모님을 부르시곤
큰절을 올리시는데
굽은 등이 시리다

섭섭하게 해드린 것 후회 많다 하시곤
어머니 그립다며 보고 싶어 하시더니
뒤돌아 베롱꽃처럼
눈물 툭 떨구신다

마라도

햇빛보다

바람이 먼저

달려 나가 마중하는 섬

오지 않는

님 그리던

애기업개 전설 안고

노을빛

저문 바다에

올연히 선 마라도

시 낭송을 듣는 별

한밤중 잠이 깨어
시 낭송을 듣는다

가슴 뚫고 지나가는
한 줄기 빛과 바람

잠 못 든 밤하늘 별도
시린 기억 깜빡깜빡

소식

무슨 말을 듣고 싶어
너는 나를 깨웠을까

무슨 말을 하고 싶어
너는 내게 들렀을까

바람이
흔드는 창가
가만히 귀 기울인다

나비 환상

흔적 없는 인생도 아름다운 바람이어라
사뿐사뿐 날갯짓에 숨어 쉬는 구름처럼
왔다 간 자취는 없고 향기만 남았구나

고운 색깔 모두 모아 피워놓은 꽃잎마다
그동안 수고했다 어루만져 격려하곤
포로롱 꽃바람 타고 하늘로 올랐구나

나의 삶도 나비처럼 흔적 없이 사라질 걸
욕심부려 무엇하나 왔다 가면 그만인걸
바람에 구름 쉬어가는 하염없는 이 봄날

풀벌레 송가

여름 가는 출구에서
가을 오는 입구에서

들고 나며 짜르르륵
가며 오며 찌르르륵

마알간
푸른 하늘을
열고 닫는 환희 송가

어느 새벽에

자다 말고 일어나 숙제하듯 시를 쓴다
내 잠은 저승체험 내 시는 이승체험
지금은
새벽 세시 반
잠 못 이룬 풀벌레

진정한 자아는 살았는가 죽었는가
밤마다 잠마다 꿈마다 마음마다
아직도
헤매고 있다
어디를 걷고 있나

아리랑 단상

제목은 하나인데 사연은 수만 가지
곡은 하난데 가사는 수천 가지
악보를
모른다 해도
누구나 부른다네

작곡가는 몰라도 가수는 모든 국민
누가 내 거라 할까 온 국민이 임자인데
아리랑
우리 노래를
불러보네 입을 모아

한 서린 소리라네 흰 뼛속 바닥까지
이 한 몸 감싸드는 고독도 삭여주고
슬픔을
슬픔으로 덮어
다독다독 달래주네

흥겨운 소리라네 기쁘디 기쁜 노래
온몸을 붕 띄우는 흥겨운 찬가라네
더엉실
아리랑 노래
한 고개 또 넘어가네

신의 뜻으로

주어진 내 인생 살 만큼 살았다고
돌아본 저녁노을 육십 고개 넘었네
매일을 감사하게도
무탈하게 살았구나

태어난 환경에 주저앉지 않으려고
밤낮을 치열하게 마디마디 세웠지만
부족함 채워준 사람들
덕분에 여기 있네

누구도 탓하지 않고 굳건히 홀로 서리
한 번뿐인 내 인생 후회 없이 살리라고
애써도
신의 뜻 아니면
내가 어찌 살았을까

잠들기 전에

오늘 하루 돌아보네 무사함에 감사하며
한잔의 물 스며듦에 자연에도 감사하네
한 세상 자연의 섭리
감사기도 올리네

사고 없이 길 오가고 상처 없이 일했네
통증 없이 움직였고 고픔 없이 식사했네
내 한 몸 살아가라고
모두 모두 도왔네

내일은 어떤 일이 일어날지 모르지만
헤쳐내어 나아가며 감사해야 한다네
한 바다
만나러 가는
물처럼 살아야지

장한철의 한담 바다

집 앞까지 파도가 철썩이며 다가오는
한담 바다 그 마을에 숨어있는 깊은 사연
출렁여 흔들릴 때마다
소리내어 울던 물결

길 함께 떠난 사람 반은 죽어 돌아온 날
바닷가를 헤매며 부르던 이름들은
소금기 가득한 바위
하얗게 써 있었네

저 물결 돌아가면 죽은 넋 실어올까
서러운 저 노을이 저문 바다 젖어들면
한없이 고개 떨구고
들썩이던 그 어깨

행간의 침묵

시인은 매일매일 시에 젖어 살지만
생각만 젖을 뿐 빈 행간에 침묵이네
사실은 시인도 힘드네
그저 좋아 스밀 뿐

오늘은 바람 불어 시 쓰기 좋은 날
꽃비 오고 새싹 트니 더 쓰기 좋은 날
사실은 생각만 앞서
쓰지 못한 벌 받네

사랑의 말을 근사하게 하고 싶었네
오래오래 생각날 그런 시 같은 은유
사실은 고백하건대
그런 일 참 힘드네

4부 ──────────────── 나의 평온은 어디에 누워 있나

나의 평온은 어디에 누워 있나

나는 늘 부족한 사람, 그걸 들키지 않으려고 열심히 자신을 채찍질했다. 일과 공부와 사는 일이 내 자신보다 건강보다 우선이었다. 내가 소중한 사람이고 세상의 중심임을 몰랐다. 죽을 고비 넘기며 그제야, 내가 있어야 세상도 있음을 알았다.

낡은 반짇고리

신혼이불 마련할 때 더불어 산 반짇고리
있을 건 다 있는데 내 솜씨만 없어서
어쩌다
받아 앉으면
시간 가는 줄 몰랐네

남들은 익숙한 걸 세상사 서툰 나는
기웠다가 뜯었다가 목이 아파 고갤 드니
바늘귀
보이지 않네
눈 깜박할 새 세월 갔네

세월 낚아 집에 온 날

쉼 없이 40년 세월 낚아
퇴임하고 집에 온 날

대문 열다 가만히
나목 사이 하늘 보네

구름 속
마른 바람이
행렬에서 빠져나오는

빗자루

제 온몸을 일으켜서 세상 쓸어 보겠다고
싸리나무 한데 모여 의기투합 하자 마자
대나무
중심이 되어
성을 쌓듯 둘러쳤다

세상을 산다는 건 소신공양 한다는 것
나날이 여위어도 제 할 일은 안 미룬다
마침내
온몸을 태워
흰 뼈로 설지라도

옹이에게

물어보고 싶었다 당신에게 나의 의미를
그대도 나와 같았는지 세월 갈수록 아렸는지
이름을 부르는 것조차
죄를 짓듯 뜨거웠네

보고픈 마음은 시린 노을에 묻어두고
서성이다 돌아서 그림자 끌고 오던
그렇게 가난한 인연
이루지 못한 사랑

잘못 걸린 공중파 지직대듯 아픈 사람
보면 본 대로 안 보면 안 본 대로
가슴에 서러운 옹이
상처로 남은 당신에게

인연 하나

돌아서면 아무런 인연도 아니건만

그 눈빛 가슴에 선연히 박혀서

한참을
못 잊어 하는
미련 땜에 망설망설

사는 건 일상을 정리하는 일일진대

인연 하나 어쩌지 못하는 어리석음

어정쩡
탁 놓지 못한
미련한 나의 습성

글과 생각

글로 쓰면
생각이
정리되나 싶었는데

변화무쌍
요동치고
흔들리는 물결마냥

수시로
일어나는 생각
허공에서 맴도네

시詩와 생生

시인은 매일매일 시를 쓰는 사람이래
아니야 시인은 열심히 사는 사람이야
삶이란 온몸으로 쓰는
숭고한 시와 같으니까

고독의 끝에서는 외로움을 몰라
속내를 드러낼 때 태어난 시는
고독을 견디기 위해
마음속 종을 울리는 거야

어느 날 흔적 없이 홀연히 너 떠나도
내 가슴에 시 한 편 바람결에 올 거야
살아서 아름다웠던
풀꽃향기 널 닮은

맹세는 부서지고

사랑을 가득 모아 봄 감나무 새순 돋듯
해마다 땀 가득한 봉사 열매 맺으리라
하지만
나태한 마음
자꾸 때를 놓치네

올해 지나 새해 오면 그때는 맺어야지
맹세는 부서지고 후회만 차곡차곡
저물녘
외로운 뜨락
피지 못한 사랑 꽃

빈 항아리

함부로 쓰지 않기로 했다
니가 쉽게 상처 입고 깨지는 걸 안 뒤론
달빛에 흰 눈물 뚝뚝
흘리지 말라고

남루한 살림이었다 투박한 빈 항아리
이것밖에 없었다 아니 그게 전부였다
그래도 가득 채워질 날 꿈꾸며 행복했다

세월을 비워내고 사랑으로 가득 채워
온갖 것 만들고 키워내신 어머니처럼
네 평생 되돌아보니
아, 그건
희생이었다

경로당 가는 길

구십 살 된 울 어머니 경로당 가는 길엔

걸어서 걸어서
길이 닳은 신작로

오일장
콩 팔던 자리엔
농협 새로 들어서고

헌 집 밀고 새집 짓는 젊은 사람 뒤로하고

걸음보다 느린 바퀴

세월 세며 가는지

등 굽은

오토바이를

돌돌돌 타고 가네

행복

고난이라 생각한 적 없다 그저 살았다
살다 보니 살아졌다 그렇게 오늘이다
내일도
그럴 것이다
나의 인생 사는 거다

비교하면 우울하고 돌아보면 슬퍼진다
앞만 보고 걸어가자 사는 것이 행복이다
세상을
걸어가는 일
행복이란 그런 것

걷는 건 행복이다 움직일 수 있으니
답답한 건 내쉬고 시원한 건 마시면서
나무는
걷지 못해도
더 푸르게 잘만 산다

시멘트벽 틈새에 겨우 싹튼 민들레도
해님 보며 고맙다고 노란 꽃을 피워낸다
보는 이
하나 없어도
그러니까, 우리 행복하자

핑곗거리

불면의 갱년기로 귀결되는 내 모든 병
내려놓지 못하는 생각 잡고 버티느라
날아간 나의 단잠은
그 어디쯤 있을까

밤 깊으면 초롱초롱 더욱더 길어지는
잡념의 끝을 잡고 줄다리기 하느라
빼앗긴
나의 평온은
어디에 누워 있나

한밤을 새고 나면 그 사연 모두 삭제
아침 해 뜨는 순간 어디로 사라졌나
두통이 몰려온 아침
부질없던 그 생각들

병원 까치

병실 창가에 까치 한 마리 날아왔다
저 새도 나처럼 난청 이명 치료 왔나
희망을 하늘에 걸고 바라보고 있나 보다

회복되길 기다리며 시간의 약 처방하네
아픈 건 치료되건만 가능저하 대책 없대
병고는 피할 수 없어 그러면서 사는 거야

그나마 다행이야 그동안 맘껏 들었으니
세상의 모든 소리 마음 깊이 새겨두렴
조물주 깊은 뜻일 거야 다른 공부 또 하라고

도토리묵

깊은 산속 또르르
굴러가는 웃음소리

귀여운 작은 몸짓
또랑또랑 눈망울

소반에
갈색 추억으로
탱글 쌓여 앉았네

환절기

처서 입추 윙크하며
비밀 약속 했나 보다

길고 긴 여름 끝자락
감나무잎 사~알~랑

지구가
잠시 조는 사이
바꿔치기 하는 바람

반추

모든 게 가라앉아 기울고 저무는 시간
꽃잎도 오므리고 저녁노을 기다리는데
마당가
고즈넉하게
내려오는 어둠의 둘레

새들도 둥지 찾아 깃들고 매듭짓는
그런 저녁 찾아오면 지는 해도 곱구나
저녁별
새로이 떠서
새겨 보네 하루를

나 어릴 땐 저녁보단 아침 활기 더 좋았네

언제면 해가 뜨나 어떻게 놀아 볼까

해 종일

놀아도 짧아

어느새 아쉬운 밤

육십여 년 살다 보니 저녁 고요 친근해져

서쪽 바다 지는 노을 하염없이 바라보네

이만큼

걸어왔으니

더 바라 무엇하리

첫걸음

첫 신발을 신겨주니
어색함에 울던 아기

걸음마 쓰러질 듯
주저앉더니

부모님
양손 잡고선
한 발 한 발 떼는 모습

바람이 얼굴에

부드럽게 살랑이고

햇살은 머리 위에

잔잔히 빛난다

땅 위에

직립보행을

기뻐하는 첫 웃음

절에서

무릎 꿇고 낮추어 엎드려 손 펴든다

염원은 무량하니 한없이 겸손한 절

이제야
들여다보는
내 안의 지난 몸짓

고혼 천도 바라춤 한 줌 영혼 위로될까

매일 매일 죄짓는 나 부디 용서하소서

무시로

떠오른 생각

염불 속에 가둔다

5부 ——————————— 저 바다는 끝이 없네

저 바다는 끝이 없네

파도는 밀려갔다가 밀려오기 위해 호흡을 고르곤
한다. 끄떡없는 해안 바위에는 온 힘 다해 덤비듯
으르렁대며 부딪히고, 올망졸망 모여 앉은 몽돌
해변에는 차르르 밀려왔다 노래하듯 밀려간다.
바다는 뜨고 지는 해와 아픔을 같이하기에 아침
저녁 붉은 노을로 물든다. 출렁대면서도 늘 깨어
있다. 잔잔히 흐를 때도, 용솟음칠 때도 늘 본성을
잃지 않는다.

동백꽃 지는 섬

나는 제주 섬 그 속 외로운 사람
둘러싼 바닷물결 하얗던 피 울음
서러움 달래지 못해 나날이 야위네

멍들어 붉은 가슴 혼절하듯 떨어지면
떨어진 핏물 모아 심장으로 쓸어 담는
그림자, 끝내 부르지 못했던 아픈 이름

해코지 당할까 봐 가슴 빗장 걸어놓고
두려움에 벌벌 떨며 비겁해도 살아남아
언젠가 증언하리라 벼르던 그 원한

보고도 말 못 하고 듣고도 말하지 못한
함께 못 간 원통함을 가슴에 품고 살아
이승이 저세상인 듯 허기졌던 삶의 길

달무리

청량한 보름 밤 구름 살짝 가린 달이
꽃피우길 기다리듯 한동안 추춤거리더니

이윽고
밤의 무지개
달무리가 떴다

터질 듯 꽉 차더니 못 참고 터진 걸까
달덩이 둘레에 스며 나온 하얀 빛무리

밤마다
저를 기다린
마음들 보란 듯이

사는 이유

왜 사는지 몰랐다 왜 죽는지 몰랐다
흔들리며 살았고 죽음 앞에 흔들렸다
모두 다 오고 가기에
그제서야 알았다

영원한 건 없었다 그저 흘러갈 뿐이었다
시간도 강물도 사람도 바람도
비울 땐 넘치더니만
껴안으니 빠져 나갔다

그것이 사람의 길 생명의 마지막 길
끝을 봐야 알았고 끝을 내야만 했다
인생은 시작과 끝을
맺는 일이었다

쉰다리

가만 앉아 있어도 끈적이는 더운 여름
얻어온 쉰다리 한 병 반가움이 번쩍 인다
요거를 잊고 있었구나
그래 니가 최고지

살래에서 쉰 밥 찾아 누룩 잘게 으깨놓고
물 붓고 놓아두면 발효되어 뽀글뽀글
재탄생 보리 요거트
막걸리 맛 간식이지

오늘은 쉰다리에 얼음 퐁당 담가놓고
옛날을 음미하며 어린 날을 마시네
쉰밥도 재탄생시키던
조상 지혜 감탄하며

중문 카페에서

하늘 바다 구분 짓는 수평선 멀리 보며
알록달록 카약 놀이 흥겨운 수영객
민트향 세상 뿌리며 답답함을 씻는다

녹나무 그늘 삼아 차 한잔을 받아놓고
졸린 낮잠 참아가며 바다 구경 사람 구경
인생은 실눈 뜨고서 잠시 잠깐 보는 세상

한담 해안에서

끊임없이 해안으로 밀려드는 바닷물
갯바위 온몸으로 부딪치며 노크해도
꽉 막힌
그 마음 자락
열지도 못하면서

행여나 이번만은 혹시나 다음번엔
기대와 바람이 늘 교차하는 경계에서
잠시도
놓지 못하는
실낱같은 소망들

정 많은 바닷물

햇살을 보석처럼 윤슬로 박아놓고
감싸듯 부드럽고 실크처럼 감기지만

여객선
그 무거운 걸
거뜬히 띄우네

흘러오고 흘러가는 사람의 정 녹아들어
부드러운 물결로 달래고 어르더니

짭조름
눈물 닮은 너
함께 울어 주는구나

파도의 지혜

절벽 만난 파도는 맞서며 덤비지만
조약돌 만난 파도는 달래가며 잦아드네
강자엔 강하면서도
약자에겐 부드런 파도

인생은 도전이다 준비해도 실패하지만
포기는 없다 하네 결국은 또 덤비네
부서져 깨질지라도
용기내어 보라고

자연은 말 없이도 그런 걸 가르치네
강자는 떨리지만 겁내면 안 된다고
약자는 품는 거라고
다독다독 달래네

저무는 바다에서

구애의 환한 미소에 온 마음 빼앗기고
그런 줄 모르고 젖어든 지 사십여 년
흘러온 세월 끝자락
마주 보며 서 있네

언젠가 꽃을 보며 처음 본 향기 맡듯
몸 숙여 기울이며 가까이 얼굴 맞대던
수줍음 숨결 가득히
아득하던 몸짓도

머물러 하늘 보고 붉은 숨 구름 띄우며
몸 날고 계시는가 맘 비워 내시는가
인생길 황혼 노을 밑
고운 바다 저문다

바다의 끝과 하늘 끝

가끔은 하늘도 출렁바다 달래고 싶은지
흐린 구름 내려와 수평선과 한 몸 됐네
어깨를
다독여주는
바다의 끝과 하늘 끝

가끔은 너와 나의 이별을 생각하네
언젠간 헤어질 운명 너와 나 잘 안다만
저녁놀
바다에 잠기듯
함께하고 싶구나

외할머니 회상

외손녀를 돌보면서 생각나는 외할머니
강구동 그 먼 길을 걸어 걸어 애월까지
멀미로 차도 못 타고
손주 보러 오셨었네

쪽진 머리 등짐 지고 걸으시던 뒷모습이
오늘따라 유난하게 생각이 맴도는 건
외할미 등에 매달려
장난하는 손녀 덕분

손녀 시집 간다고 목화 재배 손수하여
하나하나 정성으로 포근 이불 주시더니
말없이 하늘로 떠나
별이 되신 외할머니

이름을 부르다

카카오 단톡방 이름들을 모으다가
끝내는 추억을 불러 구름 위에 펼친다
이 한 생
어느 이름인들
귀하지 않으리오

어제 간 그 이름도 눈물겨운 삶을 살았고
오늘 본 그 이름도 힘든 삶을 견디고 있구나
영원히
기억 되어질
그 이름을 위하여

우리 아버지

예순둘의 나이 되니 더 그리운 아버지
불편한 몸 이끄시며 네 남매 키워주신
그 은공 갚을 새 없이
하늘 가신 쉰둘 아빠

용돈 달라 졸라대면 아버지가 금고냐며
그래도 웃으시며 기다리면 주셨는데
지금은 드리려 해도
받을 손이 없구나

저녁이면 터덜터덜 하루 영업 마치시고
힘들어도 못 벌어도 내색 없이 귀가하여
자식들 밥상머리 교육
눈물겨운 생애였네

청보리밭길 걸으며

청보리 익어가는 가파도를 걷는다
뙤약볕에 고시락 고달픈 어린 기억
바쁘던
엄마 일손 돕기
보리 방학 있었네

익은 보리 베던 날은 왜 그리 더웠는지
보릿단 날라다가 탈곡하던 누런 풍경
아직도
보리낭 냄새
잊지 못할 여름밤

비 오는 날 보리 볶던 정미소 개역 냄새

조금씩 이웃집에 돌리다가 넘어진 날

울면서

돌아왔더니

그 개역 어디 갔냐고

물 타 먹고 밥 비벼 먹고 맛 좋았던 보리개역

지금은 시들은 입맛 그저 그런 음식인걸

청보리

사잇길 걸으니

어린 추억 새롭다

양철 지붕

비 오자 양철 지붕 뚜다다다 빗소리
순간 고요 침묵하다 다시금 살아나는
가족들
정다운 대화
오십 년 전 옛이야기

양철 지붕 골탕 칠하니 빗소리가 부드러워
또도도도 잠들어도 놀라 깨지 않았네
해마다
장마철 되면
절로 나는 어린 기억

가고 오며 숨을 쉬는 파도처럼

산다는 건 파도처럼 생겨났다 사라지는 일
멀리 보면 희미해도 가까이 보면 치열하게
마지막 혼신을 다해 제 할 일 해야 하네

세상을 바다에 이는 파도처럼 살자 했네
온 힘을 끌어모아 부딪히고 부서지며
늘 푸른 멍이 들어도 하얀 웃음 지으리

힘에 부쳐 잠시 앉아 바다를 바라보네
바람 따라 밀려오고 물결 따라 밀려가는
내 몸은 왜 시드는가 저 바다는 생생한데

가만 보니 물결도 가고 오며 숨을 쉬네
살아있는 모든 건 숨 고르며 사는 것을
이제야 심호흡하며 들숨 날숨 고르네

늙은 텃밭

노쇠한 바람 불어 삭신이 쑤셔대도

간신히 몸 일으켜 호미 잡고 나서면

이직은 할 일 있다고 땅을 일궈 씨 뿌리네

한평생을 땅과 함께 동고동락 구십 년

묵묵히 산 세월에 고개 절로 숙여지고

흙으로 한 줌 재 덮을 시린 생애 찬란하네

낡은 반짇고리

2023년 11월 23일 초판 1쇄 발행

지은이 장승심
펴낸이 김영훈
편집인 김지희
디자인 김영훈
편집부 이은아, 부건영, 강은미
펴낸곳 한그루
　　　　출판등록 제651-2008-000003호
　　　　제주특별자치도 제주시 복지로1길 21
　　　　전화 064 723 7580 전송 064 753 7580
　　　　전자우편 onetreebook@daum.net 누리방 onetreebook.com

ISBN 979-11-6867-128-7 (03810)

이 책은 제주특별자치도와 제주문화예술재단의
2023년도 제주문화예술지원사업의 후원을 받아 발간되었습니다.

값 10,000원